阳光文库

沙漠玫瑰

杨森君 —— 著

黄河出版传媒集团
阳光出版社

图书在版编目（CIP）数据

沙漠玫瑰 / 杨森君著. -- 银川：阳光出版社，
2019.11
（阳光文库）
ISBN 978-7-5525-5113-6

Ⅰ. ①沙… Ⅱ. ①杨… Ⅲ. ①诗集 - 中国 - 当代
Ⅳ. ①I227

中国版本图书馆CIP数据核字(2019)第260093号

沙漠玫瑰

杨森君　著

责任编辑　赵维娟
封面设计　晨　皓
责任印制　岳建宁

黄河出版传媒集团
阳　光　出　版　社　出版发行

出 版 人　薛文斌
地　　址　宁夏银川市北京东路139号出版大厦（750001）
网　　址　http://www.ygchbs.com
网上书店　http://shop129132959.taobao.com
电子信箱　yangguangchubanshe@163.com
邮购电话　0951-5014139
经　　销　全国新华书店
印刷装订　宁夏凤鸣彩印广告有限公司
印刷委托书号　（宁）0015624

开　　本　720mm×980mm　1/16
印　　张　10.5
字　　数　100千字
版　　次　2019年11月第1版
印　　次　2020年1月第1次印刷
书　　号　ISBN 978-7-5525-5113-6
定　　价　36.00元

序

任何关于诗歌的定义都是正确的；任何关于诗歌的定义都不是唯一的。我一直试图借助其中的任何一条或多条确认自己，以便形成个人的传统。一个没有个人传统的诗人，是支离破碎的，不稳定的，不成熟的——这与写作样式的多样化不矛盾。我的写作正是要将自己统一到这个传统中，让自己有一个明晰的辨识度，以便避免写作的同质化、类型化。我已经完成的诗歌，基本上可以确保，我是认真的。

这本诗再一次印证了我的谦卑与自信，我的野心不大，但是，就我所见——事与物，只要我愿意将它们写成诗篇，都在力求不让它们蒙羞。我一直秉持着这样一种态度，写作一首诗，用心不亚于雕刻一块玉或建造一座房子。我不是有意增加写作的难度，写作本身必须是这样的。我敬畏我使用的每一个汉字，它们不应随意被安放。任何一个汉字进入任何一首诗，它都是不可少的，也不可多余。

我领会到了描述的重要与神奇。我总能在描述事物的过程中获取到写作的快乐。这大概才是写作的真正动力。语言的魅力在于确切地表达。想象的魅力在于对已有记忆与见识的颠覆，就像我曾经写下过这样的诗句：月亮上的荒草已垂到我的窗前。我喜欢在我的诗歌中植入类似常理所不容的"不可能"。同时，我也可以不用苦思冥想，轻而易举写下"事实上的诗意"，诸如"在一块什么也没有雕刻的黑皮石头上，我放下了一束狼毒花"。我不事雕琢，诗意也能毕现。我越来越信赖朴素，直接，删繁就简，好好说话，去"诗人腔"，将后的写作一定也是这样。我时刻都在警惕冗长、大而无当。

写出只有杨森君才能写出的诗。
这是我给自己立下的一个规矩。

2019 年 9 月 20 日

目录/CONTENTS

（带★篇目为朗读篇目）

夜宿邙山下

楼前的白玉兰
我已经喜欢过了

我喜欢过它们
我自己证明

我喜欢这样的白
植物的气息
烘托着它——

一枝独秀
在一块草坪中央

它的白
胜过月光

胜过
我用过的
任何一张白纸

梨　花

这大概是
我看到的最白的花朵
白得似乎
它们还在前世，还没有
取过任何一个名字
就叫花

在清水县街头发现了一家古玩店

无目的行走，无一人认识
无意中走进一家古玩店
老板并不热情，他看出来
我是一个懂行的人，因为
我不看他的假货

我的眼睛
盯着几件马厂时期的红陶
但我没有买下的意思

拿起一把后仿的青铜剑
我试探他，是哪个朝代
他让我自己看

我要感谢他
他把买卖的主动权
交给了我，说明
他还有职业操守

我登上了南华山

我登上了南华山
这话并不可靠

其一：
南华山的全貌一眼难收
我只是沿着一条山道攀登
看到的只是南华山的局部

其二：
南华山由众多山峰构成
白雾缭绕处
诸峰矗立
我只是登上了其中一座

其三：
若是以登上南华山的最高峰为准
只能说，我登过南华山
但我没有登到它的最高峰

小结：当有人问我
是否登上过南华山
我会告诉他
我登上过南华山

在南华山下观白蝴蝶

我坐了这么久
就是为了观察
这些白蝴蝶

作为蝴蝶的它们该多好
我没有看到任何一只
伤害到另一只

花朵也不是陷阱
没有任何一只蝴蝶
因为花朵失踪

凭此
我把距离我最近的这只白色的蝴蝶
写进这篇诗

至此，蝴蝶只是一个词语
白色，只是对它的一种形容

真正的蝴蝶

至今还在南华山下

收藏品

我收集并喜爱了多年的器物
常被我反复抚摸，这是它们需要的
我们的命运互相参与
这在外人看来，略有不解
从一个地方转移到另一个地方
我必须小心翼翼，像敬畏神灵
我借助过光亮或显微镜一再确认它们
试图发现留在它们上面的任何线索
一个疤痕的来源，一条缝隙隐藏的秘密
以及一些看不清的擦痕
它们都在诠释着过去发生过的一切
它们像我一样年轻过，但不会像我一样鲁莽
一只宋代梅瓶，从出炉
到摆放在某张条案上，始终是被人抱着的
抱起，放下，几乎听不到声响
因为喜欢它们，我养成了轻拿轻放的习惯
也养成了，听命于岁月磨炼出的温和的脾性

在某古玩店

我猜测某只陶罐里

可能住着幽灵

黑色的陶罐

姜黄色的陶罐

褐色的陶罐

茶灰色的陶罐

这些幽灵已经

习惯了住在陶罐里

不再贪恋人间

我猜想它们中

有冤魂，有屈死鬼

有英雄，也有无赖

不过，我还是买下了

其中一只

如果陶罐里面住着幽灵

我希望它不要伤害我

我也不伤害它

我还要在陶罐里
为它插一束鲜花

一　隅

我终将是被遗忘者
曾经刻骨铭心的记忆

我的孤独
能够轻易换取到的

也绝不是
孤独本身

入夜的长廊
发出空寂的回声

我放弃的
原本就不曾存在

这个夏夜
雨幕密布

天空在远处打雷
我在西域写诗

一本书

就是几百首诗的合集

在灯光下
我正一页一页将它翻阅

与此相反的现实
我也能接受——

一本书放在我的面前
我从没有打开过

一本从没有打开过的书
形同一摞白纸

秋日来临

还有多少陌生物在逼近
从裂开的缝隙间伸出一小段影子
还有多少只
金色甲壳虫背着无用的外壳来不及卸掉

泛黄的土质几乎很少看到幼兽的踪迹
但，顺着声线看去，一只灰鸟
把自己送上树梢

有多少只眼睛
就有多少空旷
包括针尖大小的蚂蚁的眼睛
米粒大小的黄鼠的眼睛
还有我的，去掉了一座城市的眼睛

当时的情景是：白昼放低了弧面
一只只黑头谷
正被时光轻轻摧毁——

它们慢慢地弯下来
喂到野兔的嘴里

虚空之中

除了阳光、风和蓝天
应该还有别的，它控制着这里的一切
控制着一只鹰的高度，控制着一只
羚羊的命数，控制着一块根茎
控制着一粒沙，控制着一座沙丘向东推移
控制着一块斑驳的石头皮如何裂开
控制着一丛丛坚硬的芨芨草，控制着一抹夕光
控制着日落之后
大地上隐隐的回声

它，一定是一个巨大的存在

昨 夜

神来过了
我这样说你们肯定不同意
没关系的
这也是神的意思
就像神同时疼两个人
一个人被疼醒了，一个人还在沉睡

断崖石

石头古老得
已经不像是一块石头了

它比人
看上去更慈悲

这是白天
若是在黑夜

不排除
从它的里面
走出来一位提灯的僧人

官珠山

这座山应该是有僧人的

2018 年秋天
我在官珠山上
没有遇到

僧人也许在寺庙里
焚香、念经
并不出门
我这样猜想

至于山上
有无一座寺庙
我并没有向当地人打听
但我相信，官珠山上
应该是有的

我不需要有人给我
指认一座寺庙的所在
我要慢慢接近它——

一座可能存在的
隐蔽起来的寺庙

五更山

树木顺应着各自的名字
白杨、山桃或者塔松，交替生长

微风吹送着莫名的寂静
在我的脸上流动

无数小块的阳光
从枝丫间射下来
落叶腐朽得如此安详

还有一条溪流
从哪里来到哪里去
不需要我们知道

扛枪的猎人
坐在岩石上
鸟雀在他的身边穿梭

至于金色皮毛的老虎
有人见过
我只是听说

附近的几株高大的白杨
不被我看见
它们就不在这个世上

万鹿山

来自宽阔地域的光
在接近傍晚时显得更加柔和
我第一次来到万鹿山
即便这里看不到鹿，也看不到
人类活动的其他迹象
它仍然是人间的一部分

被人遗忘的部分，有时会被人想起
我不曾到达，对它没有记忆
甚至在我看到它的一瞬间
只惊奇于它的陌生
在它受制于时光处置的外观之上
我需要分辨多种植物的名称

传说这里藏有珠宝，也许
这只是前人的一个计谋
包括途经此地的驼队曾无缘无故地消失
也不过是后人的一种捏造

对于未经证实的传说
我从不轻易推翻

与我感受到的荒凉并不对等的是
当我站在山顶上大喊了一声
声音带着一些灰色翅膀的鸟雀飞向天际
它们已经习惯了在低矮的灌木丛生存
不用证实，当我离开万鹿山
它们还会一个个落下来，回到原来的地方

面壁石

石头上
没有文字，也没有图案

有的只是
天然的裂纹

我试着站在石头前
思过时

石头上的裂纹
把我吸引了

我开始数这些裂纹
总共有多少条

在开往哈达铺的火车上

我辨认着
与我的命运一致的人

我在很多人的
面孔上寻找自己

沉默寡言的
心不在焉的
兴奋的
疲惫的
幸福的
操劳的

我居然在一个小男孩的面孔上
看见了自己小时候的模样

——他在一位年轻妈妈的怀里酣睡

途经哈达铺小镇

一个小时的时间
我在一条巷子里走马观花
去过几间瓦房，里边的光线暗淡
还有几间被当地
文管部门保护了起来
我只能从门缝里窥视

一些大树，叶茂皮粗
它们的年代，可以推至民国
途中，我还品尝过当地人
自酿的米酒
这是延续下来的手艺
主人是一个操当地话的壮年汉子

这些都成了我后来的谈资
我可以跟人说，我到过哈达铺
一碗米酒就让我脸颊发烧
我还特别留意过一位年逾古稀的老人

衰老已经让她性别模糊

她坐在一间老屋的门槛上

无所事事，面无表情

没有人跟她打招呼，她也不跟人打招呼

鹅嫚山秋色

一枚松针的微小，可以局限我
一座山的庞大也可以局限我

秋风
不会让我看见它的形体，但是
石头被它吹凉了

草木中低垂的微小花朵
会不会依然在与时光做着持久的较量
走着，不小心
又会被我碰落几枝

还有流水，我并不知道
它最后的去向
但是，它在急切地冲向谷底

此处长艾草，彼处长灌木
我们不便干涉

就像，有些植物使用花朵，选择蝴蝶

有些植物使用枝条，选择乌鸦

塔刹图

一块石头上
刻下了这么多佛塔

要是选择其中一座
住进去诵经、超度

我选择小的
大的留给罪大恶极的人

黄河浅滩口占

河水浑浊，河水浑浊
但是，河水里的东西
有些跟着浑浊，有些却一直
保持着清澈
比如，那些露在
河床上的石头
一块比一块白

瘤　子

肩膀一侧的瘤子终于被取出来了
七两重的一只瘤子寄生在我的身体上
居然幸运地被我抚摸、搓洗

一次误诊让我开始怀疑某医生
别管它，不碍事儿
我就一直任其滋生、变大
几乎压迫到我的颈椎、神经

我不能轻易地把头痛归罪于它
但也没有理由证明我头痛不是因为它

看着血糊糊的瘤子
装在塑料袋里
我说，扔掉它，赶快扔掉它

我把它理解为一种惩罚来抵消我对它的厌恶
此瘤已不存，但愿某罪已抵消

白色病房

从高处下滑的，不是天堂里的水
一根细管就可以到达我的体内
它们是盐水、复方甘草酸铵、消炎药物的
混合体

护士穿着白色夏服
我佩服她的好耐心
我不叫她白衣天使
只把她看成是人间的好姑娘

她刚刚给我把液体吊好
转身又去护理另一个病人

透明的药瓶吊在
白色屋顶垂下的铁钩上
药物融合为一种新的液体
我把液体的流速
调为一秒一滴

这样看上去温和
没有撞击

我要让它们缓缓地进入到
我的身体
分布在我的血管里
此时，它们一定在
与我体内的病菌搏杀
——杀死它们！
我就差这样喊一声了

我眼睛微闭
躺在白色的床单上
但我会
长时间盯着细管阀门看
它们一滴跟着一滴
顺着细管
下坠

我是一个病人，不是大海
大海没有我这么平静

金昌之南

绵延的山脉
从高空看上去，犹如伏面披发的长者

远处的雪峰
终年不化
一种定型的孤独
来自瞭望者的专注
这不是虚构
它已被旷世的孤单证实

当低缓的云彩掠过牛群的脊背
冲向辽阔的空地
草木吞饮雨水的场景
令人感动

一朵花的一生只是人世的一岁
多年前是这样，多年后
还是这样

它们开放，它们凋零

在我的附近
一只蝴蝶
飞来飞去
它是我前世的情人吗

我追了过去
又看到了另一只，另一只
把它带跑了

多么幸福的两只蝴蝶呀

传说中的夜光杯
我没有见到，但我见到了
色彩斑斓的石头

一块相貌平平的石头
可能内藏黄金，但是
它被忽略了，它被一位牧人搬起来
砌进牛粪粘接的墙体

我带走的这块
也许只是一块石头
它的内部

也许住着一个灵魂、一段前世的姻缘

夜风有些凉爽
与寂静同在的山体
有些高大

躺在草地上
我有过这样的担心
一夜之间
月亮上流下的白色汁液
会浇筑在我身上

从此，金昌之南
又会多出一块化石

我欣慰地遇见了一位面山而坐的人
我以古老的手艺制皮为衣
脸上没有贪相，眼睛里没有犹疑
我深信他是坐在
大地与天空的接壤处，而这
正是神许可的

苏峪口岩画小考

一轮太阳，刻在石头上
再也落不下去了，直到今天
我还能抚摸到它的光芒

一群羚羊，刻在石头上
再也走不丢了，直到今天
我还能找出最壮的那一只

一头牛，刻在石头上
再也不用辛苦地犁地了
它只需要安心地
啃食肥沃的青草

一把弓箭，刻在石头上
再也不会参与射杀了

一只鸟，刻在石头上
想飞都飞不走了

一位长辫子姑娘，刻在石头上
过这么久了，辫子还是那么长
人还是那么漂亮

一对恋人，刻在石头上
再也分不开了，直到今天
他们还手牵着手

贺兰神石

岩石上
刻着一轮太阳
这是先人所为
距今年代久远
我们无法确知

视它为神石
符合人们的习惯

虔诚之人
包括我在内
双膝跪地
对着它叩拜、许愿
每天都有多例发生
有时，神石前
人们排着长长的队列在等待

这轮太阳，与我们看到的太阳不同
先人为它画了眼睛
还画了胡须与耳朵
像一幅常见的儿童画
它的线条模糊
但依然能看清轮廓

毫无疑问
当有一天岩石表层彻底脱落
我们的后人对它的上面
曾经刻着一轮太阳一无所知时
这块岩石就是走下神坛的
一块普通的石头

如来石

这些石头，因为绘制了众佛

而变得尊贵，这重获的命运犹如一份厚礼

一个长跪不起的人

先于我到来

他比任何时候都虔诚，但他

并不是在跪拜石头

绘制佛像的人

已经履行完了一个信徒的使命

我相信他面带微笑

完成了最后一道工序

湖蓝色的底料与金色的线条

颜色鲜艳

但它不会在短时间内褪尽

一个人能不能被救赎

不同于剔骨疗伤

什么样的祈愿我们宁可掏空自己

什么样的诅咒我们必须咬紧自己的嘴唇

你是决绝之人，你可以胆大妄为

我屈膝跪地，因为我有苦衷

苏峪口峡谷

由岩石堆积的悬崖
在午后是红色的

有些岩石裸露在外
有些岩石终生隐身

单独的一棵树如此孤寂
也许它从不指望另一棵树的抚摸

风说来就来了
树冠说扩开就扩开了

万物有无悲伤
空谷有无回忆

当月光在一条峡谷里掀起风暴
一只蝴蝶要飞几次才能追到另一只

雪　中

它最终取决于自己融化的方式
这悄然渐逝的过程，可以这样定义——
在某一个时段，它是永久的，这期间
一条冬眠的虫子，恰好死去

在白茫茫的雪地里，一个人看上去
要比他自身渺小得多
掠过雪面的轻微声响
也许来自一只看不见的幼兽，也许是风

宽阔的天际
乌鸦干叫着，重新汇合到了一起，它们在
大地与天空之间，将换掉的羽毛
从高处丢下

万物看似一片死寂，但我知道
服从于虚空的事物与生灵从不挑选命运
一切看似静悄悄的事物
都在接受一种大于我想象的布局

我羡慕那些深睡的人

在我的心上倾倒灰烬的
不是天上的星辰

星辰睡得很死，它们遥远得
照不到我的脸上

证　据

拥挤的树叶
互相穿插而不纠缠

天空灰暗
雨水也跟着灰暗

我活着的证据
诗与音乐
阳台上的
一盆木槿

还有
窗玻璃上
下滑的雨滴

这是我住过的房间
一个人在地板上走来走去，她也是
我活着的证据

在崆峒山的一座寺庙里

上香之际
我偷看了美女一眼
她太美了，不过
让我心安的是
神也在偷看她

在雅布赖镇以东

——与诗友梁积林

遍地耐旱的香茅草

迎合了两个年逾五十岁男人的好奇心

它们形似柔弱

无精打采

却供养着当地

习性刚烈的昆虫与蝴蝶

我们蹲下来

试图用一根干柴棍

拦住一只红色甲虫靠近另一只

两只甲虫在我们多次拦挡之后

还是爬到了一起

这是在阿拉善右旗雅布赖镇以东

宽阔的草原已经进入夏季

困乏的草木，让人心焦

我们感叹

这些幼小的生命

能活下来就是奇迹

天色还不算太晚
附近的蒙古包里
走出来一个穿长裙的妇人
她的手里提着一只
颜色发暗的木桶
她一直看着我们

走在阿拉善左旗的街道上

走在阿拉善左旗的街道上
我感到了自由、自在、自信

我允许美女挽着我的胳膊
从王爷府一直走到
沙漠奇石博物馆

这里的人们不认识我
我也不认识他们

这样的日子
仅仅持续了两天

巴彦浩特只有一个原始的名字：
阿拉善左旗

并不是只有廊檐下歇阴凉的僧人
才把空山里的一座寺庙
当成归宿

我猜想，还有盘旋在寺院上空的乌鸦

并不是只有前来广宗寺拜佛的信众
才把升腾的香火
当成祈福的仪式

那些远处的人，那些赶着羊群的人
他们同样熟悉先祖的遗训

并不是只有蒙古人
才把贺兰山
当成神山

一只摔下来的岩羊
因为是神的祭品，不会有人怜悯

并不是只有牧民的后代
才把月亮当成一桶羊奶

我也曾坐在营盘山上
对着夜空发呆

并不是当地人
才把阿拉善左旗的石头
当成大地的舍利子

我是爱石之人
常有痛失美石之憾

一个人的秋天

下雨了。铁皮是湿的
有什么还在穿梭
不一定是鸟

摇晃的树梢
快要白了

雨珠从窗玻璃上
滑落
它不是在模仿某部
法国电影
它们更像一道道忧郁的痕迹

我想找一个人说说话
或者找一个不爱说话的人
请他进来

鸳鸯池遗址

一只陶罐悬于地下
在看不见的黄土层里
它是神秘的，出自先民之手的
一只陶罐
拥有隔世的宁静
也许它曾经装满了谷物
谷物化成了灰，灰飞烟灭
现在，它是空的

古老的时间，已不复存在
以土蒙面的兽纹陶片、双耳罐
无疑成形于过去
凝视它们，就是凝视古代
一轮红日下的场景
女人怀抱陶罐，树叶蔽体
从鸳鸯池里取水归来
男人架柴点火
烧泥为陶

数千年前，这块空阔之地
可曾也是男子狩猎，女子当家
可曾有过月下呢喃
隔湖对唱
一对陶制耳环
摆放在一具头骨两侧
这是谁家的女子，沉睡在死亡的睡梦中

泥土是可靠的
它将一个部落封存起来，将
雕有人像的石器、陶杯、骨针
统统封存了起来
让荒芜的地方，继续荒芜
让长草的地方，继续长草
延续了长达数千年的寂静
覆盖于此

当我轻轻敲打一只陶罐的外壁
铛铛之声近似敲打一只金属器物
我宁愿相信，这样的声音来自古代
多么苍凉的声音
仿佛远古的黄昏恢复了记忆
消失的一幕又在眼前重现——
男子在亮灯的土屋前下马
女子掀开草编的门帘
低身相迎

戈壁滩上的风砺石

还有什么能比在一片空地上
更容易让一个人
爱上一块石头

总有一块石头
有别于其他石头

一块石头的瑕疵
需要原谅

总有一条线索可以追溯到
某个人的身上——

他心正如石
却是一个孤独的人

月亮山

高处仍然很冰凉
坐在石头上的人，未必是为了
看到更远的地方，秋天能留下来的
恐怕只剩下这些枝丫了

无序的枝丫
接近边缘

流水载着落叶
滑下石崖

一些红色的植物
我还叫不上它们的名字
叫不上名字的喜欢
让我在此逗留

是时候了
连最微小的事物

都默许了
黄昏到来前
白昼的寂静

在月亮山，前世长于今生
沿着一条石径拾级而上，两侧的树木
看似比石头还古老

在月亮山
见过世面的人
常常都会弯下身
像年幼的孩童一样
喃喃自语

火石寨又记

一堆又一堆
停止了喧哗的石头
可能还有记忆
它们趋于一致的红
不像是形成于亿万年前

突然间，我对石头有了一种
敬仰之心——
不论岁月，单凭它们独对寂寞的耐力
以及它们苍老的皮质

我敲打其中的一块
它的声音有些沉闷
这让我觉得，这块看似单独的石头
其实与周围的群山
是一体的

也许

换一个地方

再敲打它

它发出的响声

一定会令我惊讶，抑或会流下眼泪

射羊图

——曼德拉山岩画速记一

羊并没有低下头
这让我非常吃惊

这支箭
明明射出了

希望这支箭没有射中
草地上的那只羊
而是射向了——
一片草原

从此，这支箭一直在草原上飞
刚好飞过我的头顶时
被我伸手抓住了

可惜，它已不再是一支箭
而是一把灰烬

狩猎图

——曼德拉山岩画速记二

一只盘羊被射杀了

那时我还没有出生

我的父母也未成婚

石头记下了这一幕

多年以后，也许是一万年后

我才在登曼德拉山途中看见

一只盘羊死前的挣扎

令人难过，心生同情

我也曾有过疼痛的体验

那是一种皮肉之苦与绝望

纠缠在一起的疼痛

好在我看到的只是一幅岩画

射杀一只盘羊

对狩猎者来说，是实实在在的收获

对盘羊来说，则是悲剧

物种的生存法则，适用于兽

也适用于人类

——自古至今

善待一切，是神的旨意

弱肉强食，也是神的旨意

驯马图

古人刻下了他们驯马的情形
在驯马场
他们要把马驯成胯下的利箭、风中的影子

事实上，他们在驯马
马也在驯他们

马驯出来的牧人，叫骑手
骑手驯出来的马，叫骏马

曼德拉山上落着雪

这个冬天，我们客居在雪域
不需要任何消息

远处的天空被地平线切割成
一道道起伏的轮廓

风有时从高处刮过，吹散山顶的雪
有时在低处
吹拂着山下的石头

也有看不见的地方，草木
在无缘无故地消失

也有走散的羊只
驮着一身积雪
突然出现

辨　认

在曼德拉山的石头上
我寻找着各种图案——

这是骆驼，骆驼在奶驼羔
这是马，人骑在马上

这是一座塔形建筑
更小的图案大概是僧人

这是一轮太阳，太阳长着胡须
也长着眼睛

这是一对男女，用我熟悉的姿势
表达着爱恋

还有一些神秘的符号
我无法辨认

也许，本来就不需要我们知道
我们何必知道

沙漠玫瑰石

产自于阿拉善左旗广袤沙漠里的一种石头
最先属于斯图格日勒，摆放在珠宝店
长达一年之久

我买下了它，并且格外赏识
它的外形与玫瑰形似，但它不是玫瑰

大地上的一张纸

起风了
我刚好走到校园北侧的
一处平地上
我完全可以漠然地走过去
可是，我看到了
一张纸

它被一块旧砖压住
索索抖动
任何人都会觉得
这张纸
欲随风去

我俯下身
将那块旧砖
挪开

放走了
那张纸

对一块石头完整性的再定义

一块石头裂开了
它不能再裂了
再裂它就不完整了

这是我最初的想法
后来的想法是
也许彻底裂开
石头才会轻松

于是
我抱起那块石头
用力摔在地上

一块完整的石头
让我摔成了两块完整的石头

被遗忘的挂钟

这是一间很久没有住过人的屋子

桌子上、地上、墙壁上

用手指轻轻一抹

就会出现一些划痕

这是别人的灰尘

——我在心里默默地想

这灰尘从来没有人动过

一把藤椅斜放在一张书桌前

似乎能看见主人起身离开时

用手轻轻挪了一下椅子

就再也没移动过它

在一面墙上

挂着一个造型简朴的挂钟

我正要将挂钟内的

一只铜制摆锤取下

摆锤开始左右动了起来

现在是上午九点

表盘上显示的时间是凌晨一点十三分

塔什库尔干石头城

不单单是一座空城，也不单单是

我们看到的这么多

接近黄昏的光束

扫过广袤无边的沙漠

细细观察

一粒沙推动着一粒沙

向城内推，也向着城外推

因为岁月漫长

在一片辽阔的废墟中央

一块形似脸面的石头

这仅有的，可以令我们动容的石头

显示出了

一种单独的强大

西夏王陵

生者与死者
隔着一层黄土，不
没这么简单

如果世间不只是我看到的这样具体
我应该是站在亡灵的孤魂之中

一个叫西夏的王朝，存在过
我持有它的证据不过是数枚铜钱
以及一只残损的剔刻花梅瓶

——我惊讶于它的花饰的精美

我庆幸发掘者
从深坑内举出
一只完整的灰色陶瓮

但是，在王陵废墟
每一座土墓都是创伤性的
毁灭性的劫掠
不知发生在什么年代

我看不到事实的真相
展厅里只展出了它极少的
银制器皿、瓷片和箭镞

我也没有能力悲伤
凝视着一块烧焦的琉璃瓦
我怀疑它上面的反光——

不是来自
夕暮时分的太阳，而是来自遥远的西夏

额日布盖

在额日布盖
只有人兽
有皮肉之苦

只有风砺石
不怕风吹

在大地空出的部分
只有一条峡谷
我一步跨不过去

当我看见
一个牧人抱着一只受伤的鹰隼
急急地返回牧场

只有
闪烁的金盏花
才有资格让我把它们比喻成
暮色中的神灯

遥远的楼兰

月光是裹着楼兰的一块旧式丝绸
它在每个晴亮的夜晚
披下来

月光也可以是一种酒
一饮再饮
盛满它的
依然是另一个星球

一块彩玉的前世
可能是一位荒凉的兄弟
也可能是一位逃婚的妹妹

它允许你千里迢迢地赶来
允许你带它到一个繁华的世间
从此，它再也不愿回到故乡

那么，不要截下一匹马
不要告诉下一个寻觅者
——楼兰已毁

大漠之上幸存的木桩
立了多少年
天地之间的沙粒就磨损了它们多少年

这就是楼兰废墟吗
谁才是它真正的认领者

我宁愿相信
一个叫楼兰的女子，还活着
她一直在转世

在西去楼兰的路上
我一次次遇见过她——
不是卖玉的汉族女孩师凤琴
就是漂亮的维吾尔族姑娘依米古丽

在雷古山上

在雷古山上
一个年岁长于我的人
凝视着我，好像在辨认
我是谁
好像，他是我去世多年的父亲
我是他活在世上
却依然一事无成的儿子

他自始至终
没有和我说一句话

如果他开口跟我说话
我也会跟他说

如果他动手打我
我会跪在他的面前，不做任何反抗

矢车菊

可是，我喜欢它们
当我喜欢它们时，身外之物又何妨

长途车上

侧过身，是一位女士
再侧过来，还是一位女士

在两个女士中间
一个男人是被动的

天池游

我们的身体偶尔会碰在一起

看得出来
她还是一个无忧无虑的小姑娘
我对她仅有爱慕之心

尚无
恻隐之心
怜悯之心
愧疚之心
忏悔之心

在一片灌木丛里

我抚弄着一束颜色渐渐变红的长茎草

它是否也是表面快乐，内心忧伤

我想知道真相

它悄无声息地成长着

像我曾经爱过的女人一样出众

舞女图

——曼德拉山岩画速记三

石头上跳舞的女子
若是我前世的女人
我会心碎的

这块岩画，整体上完整
但是皮壳开裂
让她看上去
衣衫褴褛

一个跳舞的女子
连件像样的衣服都没有
而我
活在今世
衣食无忧

我带不走它
它陈列在阿拉善右旗博物馆内的
一个透明的玻璃柜子里

银　湖

许多陌生人先于我到来，先于我
坐在最高的凉亭上
阳光照着
大地东侧的环形沙丘

白色的蝴蝶在飞，转身就能看见
没有什么可以占据它们的幸福
我一再描述它们
从没有感到过厌倦

在湖边看鱼的孩子，我只认
你们是天使
你们让我尊敬
你们，在喜欢的事物面前
不分男女

这是九月
白杨树叶稠密

一面像云朵，一面像风暴
平地上的苜蓿草，通往一座没有围栏的
植物园

——植物园里
我最小的孩子，才学会走路
他一会儿牵着妈妈的手，一会儿
让我把他高高地举过头顶

在万达公寓夜望

允许我这样
形容它——这是一个浮光掠影的城市
它不像黑夜吞噬星辰
只是让星辰回到了它们的怀抱

这座城市
也像一只胃
消化不良时，会有意外发生
我要祝福它，祝福夜幕中的
每一个人

我不认识的人，也许将来会相识
遗忘了我的人，也许将来会邂逅

一些光不是打给我的
它照着所有的人——
回家的人、有房无家的人、夜游症患者
醉酒的人、初次见面就拥抱的人

我不归类自己

欢乐的场景无处不在

这不是我最初出发的地方

我正在慢慢适应它

它的繁华也不是我的

不是我的，这遍布街巷的灯光

不是我的，车位上刚刚停稳的豪车

不是我的，夜宴归来的美女

不是我的，我临时站在窗口

向外观望的这间屋子

只有我知道

只有我知道
这座城不空

小车穿梭
街灯幽暗

歇业的店铺前亮着红灯笼
它们在替店主守夜

有家的人已经回到家中
离家的人走在大街上

只有我知道
一个人为什么要说这座城不空

为什么顶着星光
也觉得温暖

节日的爆竹在黑暗处炸响
还能收到新年的祝福词

多么荒凉的街灯
一根灯柱，一道投影

吃着一盘打开就会过期的食物
只有我知道，这个房间不是家

它只是一个临时的居所
天黑入住，天亮退房

夜宿海兴

海兴城上空，星辰初现
几天前这里落过一场雪
宾馆窗玻璃外
黄昏进入街道
槐树举着山区的麻雀
它们飞回来在此过夜
就像我从远方赶来
与我爱的人相会
当然不会是，互相取暖这么简单

偶　作

活在当下的蝴蝶

我对它们总是持有偏爱

从不放弃

任何一次描述它们的机会

它们与世隔绝

无比安详

在一片颜色发亮的

灯芯草之间

又一次被我看见

在朗木寺

从大殿里进去再出来
不能说每个人都是敬过神的
也不能以罪论面相的善与恶
斜依在红色廊柱上的瞎眼老人
表情虔诚地在诵经
他念什么，我并不知晓
他的声调悲悯得足以让一个
固执的人相信命运
不要以为人世简单，忽略了
它的神秘莫测；转经筒
从早转到晚
还有风中抖动的塔形经幡
经堂之上，的确无俗事
不要以为金盆洗了手
就可以消除孽障
驼背的藏族阿妈年岁不大却满脸的皱纹
她苍凉的一生
并不容易；想一想

她曾经也是一位如花似玉的少女

不要说我的内心贫乏，我也有眼泪

抬一下眼皮泪水就会

涌上对面的山顶

对面的山顶上，天空的蓝

像一座干净的废墟

从塔尔寺出来

来到这里的人
都是求神宽恕的吗

那个好看的姑娘求神宽恕她什么

在一些空出来的地方

一些低矮的植物
一定是
接受了我的喜悦
它们将美好的样子展露无遗

在一些空出来的地方
灰色的砖石与绿色的琉璃
都有了裂纹

我爱着这里的一切
哪怕是被时间盗空的一根柱石

我爱着这里的残瓷碎瓦
倾听它们与微风形成的另一种摩擦
爱着拐向坡顶的石阶上
结实的苔藓
爱着落日之下
还在陆续赶来的红蚂蚁

我告诫自己

除了描述它们

我不捏造它们的命运

与万物相比

一个人对抗岁月的能力远不及它们

玛　曲

起伏的大地吹拂着微风
摇曳的草木之中，不光有青蓝之花

处于日光中的一片湖泊
安放着高原上细小的石子

不光有宁静
还有倒影

雪山的冷白与天空的蔚蓝
融合在一起，一座又一座云彩
在它们中间移动

谁也不能代替这一刻的我
我在孤独之中
一个人双手合十
面向高耸的雪山，背后是广袤的草地

授 意

——访小羊沟

石头上长草，马背上种地
沙子里养鱼，水面上放羊
包括鸟在地上
发微信、刷朋友圈
人在树枝上
梳理羽毛、引诱同伴

——这，肯定不是神所授意

我不能全部描述的还有

它们的名字

必定叫蝴蝶

像世上爱不完的女人

它们的名字

必定叫燕子

拥有密林中最笃定的歌喉

它们的名字

必定叫狼毒花

颜色孤寂

并不伤人

它们的名字

必定叫三叶草

不认识惠特曼

但认识我们

楼兰漠玉

——给友人

我依然相信，在众多的石头中
幸运者，必定是包裹着玉石的那一块
一块皮壳粗糙的石头，被一再忽略
这符合人们的审美
借此，一块石头
等待揭开谜底的时日
可能会更长

洗净的沙子重新累积
这个夏天，去往楼兰的、遥远的路途上
又会多出无数座沙丘

我恍然大悟
这些漫漫黄沙，可能会埋掉一座古城
但是，它埋不掉一场大风

吹在我们脸上的风
安静了

吹在石头上的风
也安静了

天空蓝得让人想跪下来
向它道歉

一个叫夏翠珠的女孩
给我们带路，她手指指向的地方
落日是通红的
好像它一直挂在楼兰的废墟之上
好像，它也是一块
可以敲碎的石头

敲碎它
我们就能从中取出
沉睡了亿万年的玉石

藏书石

我把自己的一本书
又一次寄放在野外

我并不希望有人发现它

我以为广宗寺东面山顶上的
那块巨石
不属于人间

这本书的名字
叫《西域诗篇》

没有人动过的一本书
是完整的

一本完整的书
除了人间有人阅读它

我还希望

神在月夜下轻轻地取出来

翻看它

1958 艺术村遗址里的艺术家

艺术家、伪艺术家

分不清的时候

你还可以保持对某人的崇拜

也可以与他们中的任何一位称兄道弟

或者让他们

在你的白 T 恤上

签下大名

谁是艺术家，谁是伪艺术家

他们的装束无法判别

不要轻信他们的宣言

也不要只看他们的对立面

他们指责的

也许正是他们无能为力的

女人刮成光头

男人长发及腰

只要他们愿意

只要他们侧身给你客气地让路

只要他们阻止你

踩踏闲花闲草

叮嘱你上山的时候

换一双结实的鞋子

你就可以认他们做朋友

你就可以放下偏见

与他们坐下来喝酒

聊一聊他们不见得真实的人生

或者让他们流泪

对着天空大呼绝望

活着并非易事

容许这些艺术家侃侃而谈

容许一个形似潦倒的艺术家夸下海口

容许他们在深夜的贺兰山下

像古人那样支起石灯

过他们认为的艺术家的日子

走访 1958 艺术村

扶我从木梯上走下来的姑娘
我们认识不久，我们的谈话
只涉及，一个被称为艺术村的圣地
为何变成了一座废墟
一座废墟为什么又被当成艺术
令许多人向往

巨大的铁器生锈之后
呈现出的姜黄色，被视为美
有人看到了沧桑，有人看到了时光
也有人只从化学的角度审视它
这都无可厚非
在艺术村里，一切废弃物
似乎都有归属

木头的裂纹
瓦罐上的包浆
石缝中长出的青草

一只水缸内

布下的蜘蛛网

被观看者称道

我告诉姑娘，我们还要

从另一些事物上

印证它们：艺术与粮食

是两个品种，就像艺术家与农民

他们分别使用各自的工具与想象

活着，并且为此

分获骄傲

下午的阳光很好，不光我们

在免费使用

艺术家与农民都在免费使用

在泥塑雕像博物馆

一位健壮的母亲在给孩子喂奶

这是艺术

来此参观的人中，有人一边观看

一边啃着半截玉米

这是粮食

巨型马车

这辆巨型马车

遗弃在这里很久了

它曾是 1958 艺术村的一个招牌

正如我们所见

它超长庞大的投影，占去了半个广场

一匹铁马也是如此

超过十米长的铁马

与马车相配

构成了一个真正意义上的艺术品

我们接受这样的夸张

接受一件艺术品可以任由我们想象

我们坐在马车上面

以为此处只是途径之地

我们正从一个地方赶往另一个地方

艺术让我们

获得了乘坐马车的威武与雄风，其实马车

依然停在原地

遍布它全身的暗红色的铁锈

其实已经在提示我们

即便是一种铁器

消失只是时间问题

可是，我们并不关心这些，也不会去想

它只是一个

眼前的存在物

对一件宋代酒器的想象

颜色也有命运

比如，一件宋代酒器所呈现出的姜黄色

我喜欢它内敛的宁静

取于黄土，成于窑火

一件瓷器的完成，还包括

烧制人的手艺、洞世的清澈或浑浊

至少还有

一个人积攒的记忆所养成的美学

当它被我反复抚摸

那种与世隔绝的冰凉与圆润

让我忘记了

它曾将烈酒的野性驯服于

幽闭之中

它早就空了

饮酒者灯下皆醉

唯有这件安静的酒器独醒

这发生在古代的一幕，我们只能

依靠想象还原

饮酒者中，有人持锄侍桑田

有人拭剑闯江湖

也有人

著下诗文，却未得流传

或者，瓶中之酒

只被一人所喝

他抱瓶而泣

酒器上

才落下了泪水的划痕

现在，作为这件酒器的拥有者

我正轻轻擦拭着它

不是在擦去它上面的灰尘

而是，长久以来

它养成了我擦拭的习惯

同心城札记

我再一次记住了这里

埋没着青铜与陶器的大地

也埋没着灵魂

它们缠绕着植物的根须

偶尔会在夜晚的星空下

借着灯光偷看亲人

它们放不下亲人

时常会惦记

这一猜测从没有在我的描述中

停止过——

有时，我会对着一片旷野

莫名地叹息——

这里，绝不会像看上去这么简单

它伴随着黄昏的宁静

给予我的是想象与沉思

一把出土的铁剑，锈迹斑斑

就算在古代它杀过人，我也不怪罪它

它应该得到最好的保护，它应该悬挂在

一道光中

我多次到过这里

我感动于这块土地上的人们，无论贫穷或富足

他们都会把花草种植在院子中央

我感谢他们用清水般的眼光分辨善恶、美丑

感谢他们以这块土地为骄傲

并用这块土地上

收获的稻谷、瓜果与牛羊

招待四面八方的来客

清水河畔

白昼圣洁
田野里的秧苗
高过膝盖

六月的清水河
慢慢上涨

一些清洗过羽毛的鸟雀
落在树上

我来到的时候
白色的荷花已经浮出河面

一个眼睑下垂的人
我不忍心细看

掉下一朵花
树上就少一朵花

走掉一个人
人群里就少一张面孔

河边走动的人

河边走动的人
我看不清他的面庞
我相信他不会是一个幽灵

也可能
我们曾经坐在一个饭桌上
他告诉过我
在米钵山
他发现了一座废墟

我记住了他的相貌
但是从此我与他失去了联络

在后来的寻找中
作为半个城延伸的一部分
米钵山上
出土的钱币
把一个接近消失的地方

推至宋代

让我有了再次打量他的机会

当然，河边走动的人

未必就是他

我只是猜想

我下意识地

摸了摸

挂在腰间的

一枚崇宁通宝

这枚崇宁通宝

几经把玩

已经变得十分亮堂

韦州城外

一个人还没有洗够脸
河水就成了身外物，但它继续流淌

山坡上再次挂绿
冬青花开得正是时候
一个人还没有看够
它们就闲于世间

鸟儿从来都不会待在一棵树上
但它会飞回来
花朵从来都不会在当年重开
但它不会丢掉自己的模样

我们能记住的，迟早都会消失
我们看见的，迟早都会被黄昏隐没

风从韦州古城吹向惠安堡
又从长山头吹向一片无名的草滩

大地的开阔处

风吹着一群过山羊，好像

还吹着偏西的落日

苍天在上

让我们干净的方式很多

空手抹一把脸

尘埃自会落去

半个城之南

大地上的秧苗葱绿

宁静的树冠，一棵，两棵

叶子宽大的玉米地，一块，两块

农民在田间劳作

麻雀从头顶飞过

车辆南来北往

乡村便道一侧

小贩叫卖着这个夏天常见的甜瓜

我们刚刚从墓地回来

将一位兄弟安葬

月亮山

我从没有登上过月亮山
当它被遥望，它倾斜的一侧
布满了雨水冲刷的巨大划痕

我从没有把这座山
比喻成一只老虎
但它的确与一只老虎相似
白天它是温良的
到了夜晚
它会把身上的花纹深深地隐藏

从月亮山吹来的风
有时是干燥的，有时
带着时间古老的气味
你会相信
神住在它的上面

月亮山
三个字
就降伏了大地
让它有别于其他山丘
让一个从没有到过月亮山的人
心里有了挂念

"月——亮——山——"
我站在远远的清水河边
喊了它一声

——的确
给月亮山命名的人
应该葬在月亮山
也许，他只是在无意中
说出了心中的诗意

现在，当地人很少留意月亮山了
打柴人的后代已经有了更多的分支
部分在海兴，部分在罗山
大部分
在同心

草川铺

一个被当地人经常提起的名字
我却第一次听说，第一次——

在大雾缭绕的九龙山北侧
探访了两处
建于清代的房舍

这是草川铺
骄傲于世的一个明证

木头的年龄长于人寿
镂空的雕花木窗，一扇完好
一扇局部受损
时光宽待了它们
它们也迎合了时光的处置

通向堂屋的青石板
依然能看清槽痕

没人告诉我已故主人的确切身世

我只能通过摆放在堂屋里的

八仙桌、官帽椅、翘头案

猜测——

这里住过一个大户人家

一棵百年的核桃树

枝干皲裂

身躯庞大

矗立在院子中央

任何人都可以在它的下面乘凉

当然，不一定持有一把弯刀

才能吃到草川铺的核桃

石头是神赐之物

谁都可以

投之以石，报之以桃

我用一块庞公石

敲开了去年的一堆核桃

关山牧场

在马的眼里
这里没有人们认为的诗意
马看关山
关山可能与我们看到的不一样
它们不会像人们
去攀登一座山

也不会像鸟群
浩浩荡荡地飞过秦岭
把用旧的羽毛
丢一些在甘肃，丢一些在陕西

看见火烧云
它们也不会
这样想——
神在天空中
炼铁铸剑

在关山牧场，明处的事物以及

事物与事物之间，以及

一棵树与另一棵树之间

一片青草与一块轻轻

压住它们的云影之间

谷底的石子与流水之间

凝视与忽略之间，记忆与遗忘之间——

只有天然的构成

没有本来的诗意

——它们需要描述，不只是看见

诗意来自描述，来自神所默许的文字排序

这或许就是为什么

我这样记录了

关山的傍晚——

当我从关山牧场经过时

草地上静静的马群

除了受到惊吓，多半时间

它们都在低头吃草

邙山行记

站在邙山上
就能感觉到
与邙山临近的虚空
也是邙山的一部分

天空的蓝
大地的绿
光束中的每一株植物
都异常好看
少了人间的俗气

我有折花悦己的习惯
但是今天，我告诫自己
不能以摘下花朵的方式
爱邙山上的花草

我要替自己珍惜这一念——
从露在地面的石头上

找到属于邙山的花纹

在一束束高挑的花茎上

寻找神的设计

悬空的石牛

这个被命名为"我是谁"的造型
第一眼我就认定它是一头悬空的石牛

站在它高大的形体下面
我们谁都不是它的对手

一头牛的个别特征
让它看起来就是一头石牛

在它硕大的轮廓上
我还看出了一头大象的特征

在它沉默的表情上
我还看出了一只乌龟的脸面

这不影响它依然是
一头悬空的石牛

就像在一个人的身上
上帝与魔鬼的特征同在时

也不影响他作为一个人的
真实存在

宋城之魅

这座破败的城堡已轮不到我来悲伤

作为一个后人
它的坍塌与衰败，我无能为力
岁月有多漫长，也不是我能估计到的

我也不能推测出，一个生活于宋代的窑工
运用了怎样的手艺
才把一朵花的姿容，烧制在瓷面上

稀疏的草木
已经长出了自己的模样，它们一样
招惹着会飞的蝴蝶

黄昏时分
异常空荡
一个手持瓷片的人
依然猫着腰在寻找下一块瓷片

他和我一样

如果用未来的眼光看过去

我们不过是形体相似的两道弯曲的灰尘

书房之器

我时常会打量
书房里的各种器物
陶瓮、梅瓶、笔筒、铁剑
它们中，有的
已摆放了多年
有的残损，有的完整
有的磨出了包浆，有的已经
搁出了神韵

舍不得送人，也舍不得变卖
我留给自己
观赏、品味、爱抚、炫耀
在我独自一人的时候
在我邀朋呼友喝茶的时候
在我孤单的时候
在我空虚得有些落寞的时候

我有收藏癖好

有过忍痛拿下之心，也夺过

君子之爱

它们被我收购来

命运就变了

被我喜欢着，被我的朋友们

喜欢并眼红着

也被与我有同样喜好的收藏者

惦记着

它们比人忠诚

比人守本分

一位朋友

说出了我想说出的话

他接下来

说出的话

更是我想说的——

一个爱你的人

说不爱就走了

它们不会

爱 物

一只青花梅瓶
与一块风砺石
看久了
我会调换一下位置

有时，我会把一幅挂久的画摘下
卷起来
再换一幅挂上

一只饱满的西夏陶瓮
时常让我毕恭毕敬
九百多年了
听者往往一惊
它的形制大于其他瓷器
所以，最大的摆放架
属于它

摆放它们的时候

我是主人

安顿好它们之后

它们是主人

我从不视它们为身外之物

晚　年

到了晚年我才拥有了一幢别墅

阳光照进房间，多在早晨八九点钟

与我多年前看到的一样

早晨的阳光比其他时辰缓慢

我喜欢的几盆木槿花上

还挂着水滴，它们在阳光中闪闪发亮

我坐在一把椅子上，这是多年养成的习惯

案头上摆放着我一直喜欢的书

还有一个伸手就能触摸到的红木笔筒

我从年轻的时候一直保留至今

一只插着干枝梅的花瓶

也伴随了我多年

有人端茶过来，是我最后喜欢的人

她陪伴着我，她与我的年龄悬殊

却不曾嫌弃我年迈的身躯与灵魂

有时我也喝咖啡、喝经过调制的红酒

因为身体的原因
我已改掉了喝白酒的习惯

经常有慕名者从远方赶来，也有
本城的诗歌爱好者，来拜访我
听我说诗，听我讲有趣的往事
让我帮他们看稿子，或者让我
在自己新出版的诗集上签名留念

我也拒绝或慢待冒昧自大的来访者
不喜欢他们一边大谈诗歌
又诅咒诗歌；一边自称诗人
又诋毁诗人。每当我听不下去
我会借口离开，站起身
回到另一个房间

札记之六

今晚，月亮有些裂纹
但不影响
它的形状

预　兆

在一片红瓦之上
下午如此从容
我当然还不能确定
时光服从了我的描绘之后
还在不在这里——

会是另一种形状么
空缺也许就是见证
可我看到的
又不止是这些
狼毒花还能捏出汁液

当然，也有一些植物
可能从此不再复活
我猜测是这样
我已经从一批批宁静的断裂声中
大约获知了草芥卑微的命运

秋天的葵花

沿途都是秋天的葵花

我的母亲看不到了

够可怜的

还有我的父亲

他们在逐日渐凉的黄土下

我都不敢想象他们的样子

他们活着的时候

每人抱着一个葵花头

像两只啄食的鸟

把一粒粒葵花籽

掰下来

有时喂到自己嘴里，有时喂到

对方的嘴里

谁能说

这只是相依为命，不是爱情

泾源河谷

我会爱上山石中的哪一块

每一块石头都有自己的形状

敲打其中的任何一块

我都能听到回声

森林斜倾在峡谷两侧

沟畔吸附着坡地缓冲过的雾气

带绒毛的碎花从我脸上飞了过去

有种潮湿，空腹而来

有种想念被空旷一再扩开

不是树枝不让一只鸟儿动弹

是鸟儿不想飞走

不是我过于安静

是天空蓝得我不想说话

在“海时间”咖啡屋

我对面的椅子

始终空着

可是，细心的服务生

取来了两套杯具

其中的一套

陪我度过了

一个貌似等人的晚上

在须弥山

想必

佛界与人间一样

也讲究论资排辈

佛像有大小

我拜过大的，小的我就不拜了

白色的清晨

雪地上，落着一只乌鸦

乌鸦飞走后，我依然认为
雪地上落着一只乌鸦

我用想象
把一只乌鸦填补在雪地上

听官珠与鹅嫚殉情故事随想

问题的关键
不在于谁先跳入湖水

不在于谁的眼睛
先被泥沙封住

爱情也不该是
要命的毒咒

如果你们一定要在殉情石上
刻下我的话，就把这句刻在上面——

"死亡，是对爱情的中止。"

半个月亮

不用找
另一半
还在

另一半是黑的

这篇诗中不能少掉的部分

叶子宽大的玉米地
必是这篇诗中
不能少掉的部分
它们是人类的粮食

不能少掉的部分
还有一棵花楸树
它用了怎样的汁液
灌溉了一树花朵

还有一把老式桌椅上
两只沥着茶水的杯子
一位站在露天阳台上
偷拍我独自沉默的姑娘

还有我吃掉的三颗杏子
它们不需要长到秋天
一根被做成艺术品的黑色根雕

从前院到后院的石径两旁

生长的红辣椒

以及

被雕刻在木匾上的励志铭文

也是不能少掉的部分

我把它们写进这篇诗

我为什么要这样做

并不确定

并且，我还要在这篇诗的结尾处这样记载——

2019 年 6 月 29 日

杨森君到过青铜峡九渠文化小镇

他带病说诗，并且声情并茂地

朗诵了博尔赫斯的

《雷蒂罗庄园》

一块人工打磨的玛瑙挂件

我接受神完成的——
变化中的山体、宁静天空下的马群
以及地表上裸露的风砺石

我也接受一枚经过了
人工打磨的红色玛瑙
它心形的造型
并不只代表爱情
可能还隐藏着祝福的秘咒
祈求幸运的人
会将它挂在胸前

当买下这枚红色玛瑙的挂件
我不需要知道打磨者的名字
即使他是一位老者
我也会
把他尊称为神的孩子
神的孩子

不会冒犯神的旨意

他把不需要的部分打磨掉
剩下的部分，就是我现在看到的

纪念日

女人打开钢琴，并没有马上弹奏《斯卡布罗集市》
她知道我听不烦的曲子很多
她先弹了一首《以吻封缄》

后 记

第一，晨读博尔赫斯《论阅读》，因为信任他的观点，不妨也将《沙漠玫瑰》这本书中的诗看成是"记忆和想象的延伸"。

第二，"说出的话会飞掉，写下的东西会留下来。"这句人们经常引用的话，是在我整理《沙漠玫瑰》书稿时看到的，想必，它引起我留意并非偶然。

第三，我对写作一直充满了热忱。只要我不断地写下去，任何惊喜都可能包括在内。下一本书的名字，我已经取好了，它依然不会辜负我的才华，就像你们刚刚合上的这本书。

2019 年 10 月 29 日